KB114390

잠시만
웅크리고
있을게요

잠시만
웅크리고
있을게요

초판1쇄 2021년 8월 19일 **지은이** 정예원 **펴낸이** 한효정 **편집교정** 김정민, 최은혜 **기획** 박화목, 강문희 **디자인** purple **마케팅** 김수하 **펴낸곳** 도서출판 푸른향기 **출판등록** 2004년 9월 16일 제 320-2004-54호 **주소** 서울 영등 포구 선유로 43가길 24 104-1002 (07210) **이메일** prunbook@naver.com **전화번호** 02-2671-5663 **팩스** 02-2671- 5662 **홈페이지** prunbook.com | facebook.com/prunbook | instagram.com/prunbook

ISBN 978-89-6782-145-6 03810
ⓒ 정예원, 2021, Printed in Korea

값 14,000원

이 도서의 국립중앙도서관 출판예정도서목록(CIP)은 서지정보유통지원시스템 홈페이지(http://seoji.nl.go.kr)와 국가자
료공동목록시스템(http://www.nl.go.kr/kolisnet)에서 이용하실 수 있습니다.

잠시만
웅크리고
있을게요

정
예
원

시
와

가
사

푸른향기
Prunbook Publishing Co.

내가 쓰는 이야기는 다 빚이다

너의 삶을 빌려와
오래도록 흰 종이에
묶어놓고자 한다

네가 다시 찾으러 올 때쯤
몇 배 더 부풀어 오른 추억으로
갚으려 한다

돌아오라 돌아오라 돌아오라
그래서 빚을 내려고 한다
갚으러 가는 그 길이
내 인생의 가장 달콤한 길일 테니

2021년 여름   정예원

많은 이의 온기로 일구어진 삶을 노래합니다
빚을 내어준 그대들에게 이 시를 바칩니다

들어가며

3부

사실
안 괜찮아요

1부

밤을
깨우러 가요

간밤에 별이 쏟아지고 달이 져버리고
빈칸이 되어버린 하늘

갔다 다 지나갔다
달던 밤 형체 없이 녹았다
타 버린 마음 빨리 달리지 말고
잠시
내려서서

우릴 위해 탄생한 별이 있다
우릴 위해 남겨진 별이 있다
헤아릴 수 없는 나의 이름
나의 이름 헤아릴 수 없는
그 창조의 밤을 가늠해요

저 깊은 곳에 숨어 자던 한숨까지
있는 힘껏 끌어 모아 구름을 만들어 타고

밤을 깨우러 가요

내가 잠들지 않았으니
이제는 아침이라고

나의 이름잔 넘치게 따라진
기대에 기댈 필요는 없으니
찰박이는 찬란함으로
밤을 깨우러 가요

나의 작은 별에게

발 매 곡

빛을 내고 싶어 안간힘을 쓰는 밤
더 웅크려지네
모여야 하는 힘은 산산이 흩어지고
다른 별들은 비웃네

차라리 별이 아닌 어둠으로 태어나
어딜 가도 묻히기를 바라
차라리 별이 아닌 별똥별로 태어나
단 한 순간이라도 빛을 보길

반짝반짝 작은 별
아름답지만 슬픈 별
서쪽 하늘과 그 어디에서도

누군가 나의 별이 조금 못났다 해도
나 아니면 누가 안아줄까
모든 걸 놓치고도 움켜쥔 작은 별

토닥토닥 이젠 날아야지

반짝반짝 작은 별
아름답지만 슬픈 별
나의 밤하늘에 유일한 빛 하나
시리도록 환한 나의 별

넌 어디에서나 빛나고
넌 그냥 너 그대로 별인 걸
난 그저 얘길 듣고 싶어
조금은 깜빡여도 괜찮아

반짝반짝 나의 별
아름다워 너 말이야
반짝반짝 빛나줘
oh 그래 의심 말고

>

빛이 나는 줄도 몰랐었던 야윈 밤
너 너만 보였네
구멍 난 나의 밤은 차오를 줄 모르고
가라앉아 울고 있었네

無名의 노래

내내 몸살을 앓으며 부르는 나의 노래는
마음에서 태어나 마음에서 죽는다

그제도 있었고
어제도 있었고
오늘도 있었던 이 노래는
어쩌면 처음부터 없었다

부르고 싶어서
부르고 싶어서
부르지 못했던 이 노래는
갉아 먹혀 구멍이 나고 시들어 가도
웃는다 좋단다 그거면 됐단다

나만 아는 나의 노래
기억 테이프 되감아 돌리고
나만 듣는 나의 노래

그럼에도 불구하고

웃는다 좋단다 그거면 됐단다

오늘의 제목은

순백의 하루 위에
색과 색을 칠하고 덧칠하고
그렇게 마중 나온 고작 – 어둠

그냥 이 그림의 제목을
'밤'으로 지어버릴래

어두운 게 당연한 날로
새까맣게 타고 난 하루 끝이
수상하지 않게
다 그래도 되게
틀린 것이 없게

오늘에게 맞는 제목을 지어주자
우리 서로의 오늘을 기억하자
매 순간 어울리지 않는 표현이란 없는
우리를 우리가 꼭 안아주자

SUBWAY

발 매 곡

꼭 내가 도착하면 스크린 도어가 닫혀
꼭 내가 탈 때쯤이면 사람들 넘쳐 붐벼 지쳐
겨울엔 특히나 파카의 부피만큼
내가 앉을 공간은 작아 너무 작아져서

섭섭섭해 sub subway
난 푹 쉬고 싶어 젤 끝자리에
바스스라질 것 같은
몸뚱아리를 봉에 기대어 쉬게 해줘 subway eh
비틀대는 날 편히 앉혀줘 subway eh
생각이 복잡한 날 푹 재워줘 sub subway

큰 목소리를 쩌렁쩌렁 퇴근 없는 아저씨
가방에 기대어 꾸벅꾸벅 단잠에 취한 학생
이어폰을 끼고 혼자만의 세계로 가
어깨를 들썩이며 몰래 리듬을 타는 아가씨

>

 같이 쓰는 지하철엔 가지각색의 사람이 넘쳐

사람 구경에 시간이 간 줄도 모르고

내릴 역을 또 지나쳐 또 타고 내리고 타는

그냥 반복의 반복 연속의 연속

섭섭섭해 sub subway

난 푹 쉬고 싶어 젤 끝자리에

바스스라질 것 같은

몸뚱아리를 봉에 기대어 쉬게 해줘 subway eh

비틀대는 날 편히 앉혀줘 subway eh

생각이 복잡한 날 푹 재워줘 sub subway

Why swaying swaying your body 가야 할 곳이 있는데

긴장을 딱 몸에 힘을 줘도

어쩔 수 없이 우리 청춘은 덜컹이고

앉혀줘 나의 내일 그만 비틀거릴래

알아줘 나의 매일 자꾸 외로워지네

심을 다루는 법

처음이라 서툰 마음 들킬까
쉬지 않고 놀려댔던 연필의 끝은
치열했던 새벽을 보여주려는 듯
뭉툭해졌다

애썼다
애썼다
말해주고 계속해서 써 내려가는데
닳아버린 심에서 예전의 글씨체가 나오지 않는다

연필을 깎아야겠다
곧 가지런히 자리 잡고 짙게 새겨질 나의 글을 위하여

처음처럼 조금은 뾰족한 곳에
나를 올려두어야겠다

3월의 여느 푸른 날처럼

연필의 끝은 뭉뚝해지고
눈빛의 날은 무뚝뚝뚝
가볍던 몸은 무거워지고
새웠던 밤은 묵묵부답

그렇게 많던 할 말은 다 어디로 갔을까
자신 있게 빌던 소원은 길을 잃었을까

3월의 여느 푸른 날처럼
아, 시들지 않고 꿈꾸고 싶어라
겁 없고 싶어라
3월의 여느 푸른 날처럼
온 세상은 작고 나밖에 없어라
무서울 게 없이

부득 우겼던 내 오기는 시들어버렸나
보여주겠다던 꿈들은 잠들어버렸나

>

3월의 여느 푸른 날처럼

아, 시들지 않고 꿈꾸고 싶어라

겁 없고 싶어라

3월의 여느 푸른 날처럼

온 세상은 작고 나밖에 없어라

무서울 게 없이

그 봄날처럼 새 책을 펴고 이름을 써보자 반드시 반듯이

혹 이뤄질까 품속 깊은 곳에 참 많이도 다짐했던 그 봄날처럼

나이歌

늙었다고 말하면 억울해
근데 알아 좀 먹었지
사실 듣는 말도 너무 많아서
한 귀로 듣고 흘리다가 걸려 덜컥

결혼은 취업은 아이는 돈은
뭐 하려고 해도 뭐 했내 이 나이에

나이가 뭐 다이가
인생 백 년 반도 안 왔다
좀 늦어도 모로 가도 서울만 가면 돼
포기 말아라 네 인생
슬퍼 말아라 네 젊음
후에 뒤돌아보면 짜식 귀여웠다 말할 나이다

늦었다고 말하면 너무해
근데 알아 좀 늦었지

이젠 안 된다는 게 너무 많아서
한 길로 가다 막다른 길에 막혀 덜컹

너의 선택 앞에 틀리면 미친 듯 후회하고
또다시 길을 걷고 하지만 느려도 좋으니 멈추진 말아라

나이가 뭐 다이가
다 일어날 만큼 무뎌진 맘
끌어안고 웃으며 살아왔건만
발목 잡고 날 붙잡고 놔주지 않아
시작하려고 들숨 크게 쉬고
하나 둘 셋 뛰어보려 해도

나이가 뭐 다이가
포기 말아라 네 인생
후에 뒤돌아보면 짜식 귀여웠다 말할 나이다

종이배

저기
겨우 흐릿하게
수평선이 힐끔 보이네
닿지
않을 듯 아득하기만 한
새벽을 향해 돛을 펼쳤네

이제 막 항해를 시작한
종이배가 자꾸만 가라앉네
젖지마 조금만 더
달래다가 끝내 울어버렸네

닳고 낡은 종이 한 장
여망을 눌러 꾹꾹 접었네
주변의 바람들 뒤틀려 몰아치고
붙잡을 곳 없이 떠내려가네

\>

이제 막 항해를 시작한
종이배가 자꾸만 가라앉네
젖지 마 조금만 더
달래다가 끝내 울어버렸네

무거워져 가끔은
아래로 아래로 숙일 때거든
내가 널 비출 테니
가라 바람과 함께

찢어지지도 못하고
녹아버리지도 못한 종이배야
가라 이 바람과 볕과 별과
함께 멀리
가라

자화상

나는 꽤나 복잡하게 생겼다

화려한 색으로 칠하고 싶은 마음이지만
손에 들려있는 거무죽죽한 건 무엇일까

다 괜찮다는 듯 웃어 보이며
누가 나의 위로가 되어주나 두리번대는 건 또

지기 싫어 안간힘 쓰다
이미 져버린 나를 발견할 때는 더더욱

거울을 보고 나를 본다
나를 보곤 거울을 본다

보이는 것 하나 그대로 보는 법도
있는 마음 하나 그대로 사용하는 법도 어려워서
오늘도 복잡한 나의 얼굴 가만가만 그려본다

퐁당퐁당

돌을 멀리멀리 퐁당 던질게요
부디 물결의 표정을 읽어줘요

아직 정하지 못한 색 위로 덧입혀진 계절에
나는 자꾸 엉망이야
정말 가만히 있을래 다짐해봤지만
이내 다시 소란해질 뿐이야

쉿 깊은 곳에 가야 해
나는 정답을 쓸 힘이 없어
멍하니 물음표를 받는 일도
이제 하는 수가 없어

돌을 멀리멀리 퐁당 던질게요
부디 물결의 표정을 읽어줘요
저기 아래로 아래로 가라앉을 때요
날 봐줘요 잡아줘요

\>

이 흙이 좀 걷혀야

네가 날 다시 주워줄 텐데

아 가라앉지 않는 밤

쉽지 않은 맘을 간직한 채

돌을 멀리멀리 풍당 던질게요

부디 물결의 표정을 읽어줘요

저기 아래로 아래로 가라앉을 때요

날 봐줘요 말해줘요

수고했다고

저 자잘한 흙이 덮여

내 깊이를 알 수 없게 했네

난 단잠에 빠질래

내일은 바람이 좀 잦아들길

돌을 멀리멀리 풍당 던질게요

물에 비친 너의 얼굴은 웃어줘요

밤의 길이를 자로 잴 수 있다면 좋을 텐데
이렇게 긴 밤은 처음이라

비상희망을 탈탈 털어 썼더니
남은 몇 톨 마디마디 끊어져 절망 되었다

모든 죽어가는 것을 사랑하기에
사랑하는 모든 것이 죽어서
나의 마음은 어디로도 향하지 못하고
멀거니 주저앉아 영화보다 더 영화 같은 세상을 재생한다

심장을
굽힌 무릎에 가까이 붙여 — 다행히 아직 뛰고 있다
두 팔은 어머니를 꼭 닮아
웅크린 나를 포옥 끌어안는다

우리 잠시만 이러고 있자

\>

어둠 속 작은 어둠은 나의 안식처

어둠 속 작은 어둠은 외로운 여행의 유일한 벗

좌절도 계속 쌓이다 보면 끊어진 노래에 이음줄이 된다

뛰려고 그래

더 멀리 뛰려고

그래서 그래

잠시만- 웅크리고 있을게

자리

가로등의 발바닥을 동경했다
바위의 심장을 보면 아렸고
저수지의 팔다리를 만지며 사랑을 느꼈다

뜨거운 공원은 제자리 뛰기
포기할 줄 몰랐고
도서관의 책들은 온몸을 스치며
겨우 그곳이었다

뼈가 굳어지고
솜털이 죽은 척 나지막이 숨 쉬는 겨울

고집은 가장 큰 무게로
자리를 지키고 있었다

매일 이 시간쯤이면 목이 마르다

갈색에 다다른 주황으로 캔을 기울여보지만
마지막 몇 방울 입구 근처에 드러누워
닿을 듯 말 듯하다

남겨진 걸까
버려진 걸까

하루는 여전히 멀기만 하고

누군가 또 지난 기억을 걸어놓을까
애써 숨겨놨던 마음을 꺼낼까
잠자코 덮어놨던 이야기를 시작할까
노을은 서둘러 짐을 챙긴다

하늘 끝을 붙잡고
겨우 버티는 사람들을 위해
또 오겠다
약속하곤
불을 끈다

툭툭 토해낸 하루의 이야기가
짙게 물들지 않게
맨발로 맨발로
자국조차 남기지 않고
노을은 서둘러 너를 챙긴다

거품에게

하늘을 날고 싶었다
등에 태우고 구름 위로 올라가
온 세상을 보여주고 싶었다

슬픈 땀방울
그 사이사이 세월을 잘게 쪼개고
흰 바람결 들여보내
비로소 숨, 쉬게 해 주고픈 이가 있었다

그래서 오늘도 무참히 사그라지려는 거품에게
물을 조금 비누를 조금 더 흘려보내본다

언젠가 사라진다 해도
당신을 들뜨게 할 유일한 빛
날개 없는 내가 날 수 있으리라는 순진한 이 바람이
나를 어디론가 데려다 줄지도 모르니

불꽃 한 점 품어본 적 없는 혼혼한 섬
깜 바 악 까암 박
간신히 빛을 낳는 너를 봤다

이제야 어슴푸레 보이는 외딴 섬
구조요청 같은 불빛이 내게 도착한다

밤 끝에 애처로이 매달려있는 것이
너뿐만이겠냐고
온몸에 힘을 주어 작은 빛을 틔웠다

보이면
머언 달빛을 닮은 내가 보이면
그만 멈춰주길 '혼자라는 생각은'
그림자가 닿지 않는
서랍 속에 넣어두길

\>

그리고 너의 마음도 알 수 있게

바안짝- 반딧불을 켜주길

물결을 그리는 바다에 끌려
푸른 눈동자로 뛰어든 순간

닿지 않는 발이 아득해
덜컥 겁이 났던 순간

그냥 놓아버리고 싶어
아래로 가라앉던 순간

찰나의 순간마다 표정들은 각자의 춤을 췄지만
그곳엔 한시도 쉬지 않고 물을 깨우는
물장구가 있었다

머리를 넘나드는 수심을 뛰어넘어
둥둥 떠 있고자 발버둥 치는
물장구가 있었다

>

너무 뜨거워 다 타버린 우리의 어제에는

늘 살고자 하는 뒤척거림이 있었다

어른이

발매곡

어른이 되고 싶던 어린이는
어린이이고 싶은 어른이 되었네
세상이 쉬울 때쯤 어른이 될 줄 알았는데
생각보다 일찍이 어른이 되었네

나는 똑같은데 나는 그대론데 그림자만 엄청 커진 기분
나는 아직인데 이제 시작인데 자꾸만 저 멀리 뒤처진 기분

아아 하고 싶은 말은 하고 싶은 일은 자꾸만 버려지고
아아 해야 하는 말은 해내야 하는 일은 자꾸만 쌓여가네
별은 낭만이었는데 참 아름다웠는데 이젠 잘 안 보이고
새까맣게 타고 난 밤 재가 되어버린 맘만이 훌쩍이네

다 알 것만 같았던 어린이는
아무것도 모르겠는 어른이 되었네
꿈을 꿀 자신만 있으면 될 줄 알았는데
꿈을 잃을 용기도 자꾸만 배웠네

\>

지켜내고픈 맘 비워내고픈 맘 두 가지 온도가 섞인 밤은
살아가고픈 나 버텨내고픈 나 두 개의 달이 떠 깊어지네

아아 하고 싶은 말은 하고 싶은 일은 자꾸만 버려지고
아아 해야 하는 말은 해내야 하는 일은 자꾸만 쌓여가네
별은 낭만이었는데 참 아름다웠는데 이젠 잘 안 보이고
새까맣게 타고 난 밤 재가 되어버린 맘만이 홀쩍이네

어린이와 어른 그 사이에 어른이
어제와 내일 그 사이에 오늘이
쉽지 않아 쉽지 않아
어린이와 어른 그 사이에 어른이
참 쉽지 않아

반쪽 얼굴 달

부러웠다 참으로 부러웠다
모든 초점은 한 곳을 향해
오롯이 너를 맞이한다

웃고 있다 너는 웃고 있다
난 한참을 걸어 멀리인데
넌 아직도 웃고 있다

내 손뼉 사이 벽이 자라난다
마음 아픈 것이 아픈 날

달은 자꾸 한쪽 얼굴만 비춘다
지치고 멍들어 퍼어런 빛은 감추고
우리가 원하는 얼굴을 내어준다

외로웠다 우리 같이 외로웠다
이 밤 짙은 안개로 가리고

너와 나 찬품을 안아 얇은 숨을 나누자

푸욱-

함정 예상치 못하기에 함정이다

빠지고 나서야 탄식, 함정이다

또 푸욱 푹-

우선은 모른 척

길을 가다가 빠지고

잠을 자다가 빠지고

생각을 하다가 빠진다

함정을 구별하는 가장 좋은 법은

속는 셈 치고 지나가 보는 것

얼마나 깊을지

어디에 닿을지

어떻게 나올지

>

답을 내리기 전

심호흡 후-우 눈을 감는다

기쁜 마음으로 오늘의 함정을 마주한다

길을 걷고 있는데
싸늘한 바람이 나를 툭 치고 지나갔다

바람의 속도에 맞춰
나른한 햇살도 나를 스치고 지나갔다

지나쳤다
지나쳐 갔다
지나쳐 멀어져 갔다

그러다 이내 무언가 떠오른 듯
방향을 바꾸어 내 쪽으로 왔다

한 점의 햇살 바람은
나를 그 자리에 멈춰 세웠다

그 따뜻하고 시원한 눈빛에

내 안에서 싹 하나가 돋아났다

초록 잎 무성하게 달고 나무가 되었다

마음 꼭대기에 먹구름 뭉개지고
해는 빨강을 흐느낀다
기절할 듯 울려대는 경고음
또 어긋난 대답은 바닥을 기어다닌다

나라는 문제에는 하루 종일 비가 쏟아진다
다음 장을 넘겨봐도 마를 새 없는 날들
어째서 해답지와 다르게 푼 건지
다그치고
다그쳤다

잠시 고민을 하다가
모른 척 틀린 문제에는
세모를 그려 넣기로 했다

답은 조금 달랐어도
가까워지려는 그 몸짓에

나만큼은 네 편이라고

말해주고 싶었다

왜인지 쏟아지던 비가

다 그치고

다 그쳤다

사막과 삭막

사막과 삭막 두 단어는 꽤 비슷하다
한참을 걸어도 배경은 바뀌지 않고
공장처럼 찍어내 봐도 남는 건 내 발자국뿐

사막의 모래알
딱 그 수만큼
삭막한 날들

숨 쉬는 오아시스를 유영하는 별을 만나면
꼭 "보고 싶었다" 말해야지
가뭄이 와 말라버린 나에게도
목을 축일 기회를 줘야지

사막과 삭막 그 사이에서 떠돌던
구부정한 침묵 모두 비워내고
뻗치는 고백들로 가득 채워야지

\>

넘쳐도 좋아

한참을 넘치고 나서

온몸이 소리를 머금으면

마음껏 젊음을 질러야지

태풍의 알람

어제는 옆 동네에 태풍이 와
모든 걸 휩쓸고 지나갔다

나는 그대로인데

태풍이 지나간 자리
무엇 하나 성한 게 없다

나는 정말 그대로인데

내게도 곧 닥쳐올지 몰라
어쩌면 이미 그 속인지도

깊은 바다 속 잠자던 이들을
순식간에 수면 위로 떠오르게 한 네가
이번에는 나를 깨워줄지도 모르겠다

>

오래 잠들어 있었다

이제는 일어날 시간이다

미(美)완의 바다

하얀색 바다에 내 안의 것을 울컥 쏟아내며
종이가 닳을 때까지 꿈 위로 헤엄친다

황홀을 스케치한 후
절망의 밑선을 따고
기대로 채색하여
좌절을 전시하는 동안

미완의 바다는
깨어질 듯 차갑지만 나를 둥둥 떠 있게 하고
수평선 너머
꿈에서만 보던 섬으로 나아가게 한다

아득히 깊은 바다에 빠질지라도
나는 이곳에서 열렬히 헤엄친다

속아서

아빠는 날 두고 떠나려 생각한 적 있대요
다 빼앗는 세상이 무서운 괴물 같아서
언니도 날 두고 떠날까 생각한 적 있대요
다 무너진 세상이 무거운 바위 같아서
사실은 나마저 날 두고 떠나려 생각한 적 있대요
엄마가 보고 싶어서

다행히 우린 속아서 내일에 닻을 내리고
그렇게 우린 속아서 내일의 꿈을 태우고
지겹게 우린 속아서 간절히 우린 속아서
살아왔죠 할 수 있는 게 그것밖에는 없어서

다행히 우린 속아서 내일에 닻을 내리고
그렇게 우린 속아서 내일의 꿈을 태우고
지겹게 우린 속아서 간절히 우린 속아서
살아왔죠 할 수 있는 게 그것밖에는 없어서

>

늘 속아서 사는 거야

내일은 낫겠지 하니까 사는 거지

늘 속아서 사는 거야

내일은 낫겠지 하니까 사는 거지

늘 속아서 사는 거야

내일은 낫겠지 하니까 사는 거지

늘 속아서 사는 거야

내일은 낫겠지 하니까 사는 거지

음 우리 하루만 더 속을까요

아니 한 달만 더 속을까요

그러면 다 바뀔까요

아픈 세상이 다 나을까요

한 움큼 먼지 같은 내 꿈들은

한없이 조용해서

쉽게 눈에 띄지 않아

쓸데가 있었으면

쓸모가 있었으면

기어코 건져낸 작은 별의 울음

누군가 귀기울여주고

혹여 날아갈까 속삭이는 숨으로 토닥여 주었으면

좋은 꿈 꾸라고

말해주었으면

막차 탄 사람들

막차를 타고 생각했다
너무 늦은 오늘인지
너무 이른 내일인지

막차를 타고 생각했다
제대로 가는 건지
급한 마음에 반대로 가는 건 아닌지

막차를 타고 생각했다
하루를 끝까지 꼭 쥔 채 헐떡이며 달려온 내가
아무렴 기특하다고

기특한 사람 참 여럿
피곤에 절여져 파김치처럼 차곡차곡
서로에게 포개어져 있지만

우리 따로 또 함께

양념이 깊게 배기까지

잘 달려왔다고

참 애썼다고

2부

너란 꽃은
자꾸만 예쁘고

나는 한여름 밤의 비와 같이
쏟아져 내릴 테니
너는 피할 생각 말고
흠뻑 젖어주었으면

혹여 여름 감기가 걱정될 때면
몸이 부서질 듯 뜨겁게 안아줄 테니
그 사랑 고스란히 받았으면

쉽지 않은 것들을

쉽게 만들고

어렵지 않은 것들을

어렵게 만든다

자꾸만 나도 모르는 나를 만난다

ㅅ ㄹ

사람

서로

소란

수렁

살랑

사력

사랑

사랑인 것 같다

네게 비친 내가 이제야 보이는 것 같다

상순이네 민박

JTBC
'효리네민박'
삽입곡 가사
가수 아이유
공동작사

자고 나도 사라지지 않는

신기루 같아도 만져지는

매달리지 않아도 내 곁에

울지 않아도 내 곁에 있어 주는 YOU

오늘도 산책하러 갈까요

분홍빛 애월바다 어때요

바닷길 활짝 열리면

우리 둘만의 작은 섬 그 앞에서 CHU

커피 한 잔 짠 할 여유가

민낯을 한 채로 돌아다닐 자신감이 생겨

마이크 대신 낮을 들어도

예쁘게 봐줄 거니까 YOU

걱정 없이 머물다 갈게요 이 세상 마지막 날까지

내겐 푸른 바다보다 넓고 제주보다 푸르른 그대여

방 한 칸만 빌려주세요 내 모든 추억 두고 갈 테니

평생에 한 번뿐인 그대와 이렇게 저렇게 살아 볼래

바다-주지 못하는 마음

이리 넘실대어도 멈추누나

모래에 숨어 들어가고

파도에 자잘히 부서져 가면

향하던 마음 간데없으려니 그러려니

바다-달라 애원한 마음

여전히 내게 가득 고였누나

모래는 햇빛 결 따라 흩어지고

파도는 하얀 거품으로 태어나 속살이네

영원을 따르는 사랑도 없겠지만

0을 따르는 사랑도 없겠지

무한한 꿈은 없겠지만

無한 꿈도 없겠지

그러니 사랑

그래 꿈

같이

가

자

계절이 피고 지는 동안

그대 내 품에 내려앉길 바라며

텅 빈 마음에 포근한 흙을 담아두었습니다

너란 꽃은 자꾸만 예쁘고

예쁜 너를 자꾸만 심다 보니 빼곡해진 마음

하는 수 없이 모든 계절을 그대와 심겠노라 다짐했습니다

우리는 우리에게

서로의 비가 되어 눈물을 씻겨주고

서로의 해가 되어 웃음을 밝혀주고

서로의 꿈이 되어 밤을 지켜주고

서로의 집이 되어 돌아올 곳이 되어주기를

영원히 시들지 않는 단 하나의 계절이 되기를

바라는 마음으로 오늘 이 순간을 심었습니다

매일 아침 그대가 활짝 필 생각을 하니

나의 계절은 영원토록 봄입니다

Wallflower

발 매 곡

물감에 물을 너무 많이 탔나 봐

색을 입히려 할수록 난 울어 축축이 젖어가 oh my

너는 참 밤마저도 그리 예쁜데

너의 노을 너의 야경은 황홀한데

난 안 보여 아무것도 어두워

눈을 감을까 그냥 oh down

Wallflower 내가 어떻게 보여

아, 이건 질문은 아냐

Wallflower 난 요즘 참 작아 보여

내 그림자보다 더 옅어져

마음이 이젠 나 몰라라 하나 봐

좋은 말은 다 날 지나쳐 가잖아

넌 그냥 너대로 You deserve better

난 혼자 또 벽에 붙어서 중얼

\>

we accept the love we think we deserve
내 사랑까지 네게 주는 게 난 익숙해서
나는 부디 너가 너가 너가 행복하길 바라는데
내가 내가 내가 행복해지는 법은 모르겠어
나의 얘길 써 나는 작지 않고 아름다워 아름다워
이 밤에 활짝 피어난 꽃
내가 나이기에 아침이 곧 올 거라 믿어

Wallflower 내가 어떻게 보여
아, 이건 질문은 아냐
Wallflower 난 요즘 참 작아 보여
내 그림자보다 더 옅어져

지나쳐간 저 사람들 날 어떻게 생각할까
내가 뱉어낸 말들을 또 어떻게 생각할까
I need 내 머릿속 지우개
빽빽해진 스케칠 지우게

그리고 행복한 기억만 남겨 무지개를 그리게 yhe yhe

Wallflower 아주 큰 춤을 출 거야

네 옆에 닿을 때까지

Wallflower 사랑받는 법을 배워

너에게도 사랑을 줄 거야

분홍 구름 맛 솜사탕

당신은 3월의 봄바람처럼 옅은 미소를 띠며 불어왔습니다
그리고 12월 창백한 눈이 내리던 날 나를 떠나지 않았습니다

쌀쌀해진 나의 곁을 맴돌며
선물해준 분홍 구름은
어느샌가 커다란 솜사탕이 되었고

한숨이 운행하는 밤
그대의 솜사탕 살짝궁 베어 물며
달콤히 잠에 들었습니다

창백한 눈은 또다시 내려 발등을 서느렇게 뒤덮겠지만
아직 거기 있다면, 여전히 여전하다면
하이얀 밤 나의 분홍 구름이 되어주시겠습니까?

자꾸만 답답하게 구는 네모난 창문이 미워져서
늦은 밤까지 창을 굴리고 굴려 동그랗게 만들었습니다

아쉬움 만큼 불어난 하루의 수심
고칠수록 넘칠듯한 초조함에
그만 창을 떼어버렸습니다

길을 잃은 숨이 곧장 닿도록
시끄러운 빛부터 침묵뿐인 그림자까지
너의 모든 흔적을 담는 주름이 되도록

창을 떼어버렸습니다
모든 바람이 마주보는 밤이었습니다

마음이 떠올랐다

눈이 부셔도 좋으니 햇볕을 쬐고 싶은 오후였다
가만히 서 있기만 했는데 마음이 둥둥 풍선처럼 떠올랐다
이상한 일이었다

이 마음 주체할 수 없는 마음
더 담아둘 곳 없으니
냅다 꺼내 들고 너에게로 뛰어갔다

너는 자꾸만 흘려버리지만
나는 여전히 차고 넘치니

네가 여유로울 어느 오후에
촉촉한 봄비가 되어 내리겠다

강아지 말고 고양이

내가 널 너무 쫓아가서 재미없어졌나 봐

아무렇게나 해도 지구 끝까지 밀어도

여기 있을 줄 아나 봐

딱히 틀린 건 없다는 게

나의 가장 큰 문제인데

난 그냥 너라서 좋아

네가 뭘 해서 좋아하는 게 아닌 걸

나 강아지 말고 고양이 할 거야

딱히 관심 없음 말고 난 상관도 안 할 거야

나 강아지 말고 고양이 할 거야

밥 먹을 때 아니면 너 쳐다도 안 볼 거야

내가 널 볼 때면 웃으니까

식사 시간처럼 24시간 행복해 보이나 봐

어둠과 나만 남겨둔 채 네가 슝 가버리면

혼자 남아서 그만큼 우는 줄도 모르고

어디서 신이 나 있는 걸까

내 생각은 날까

네 생각뿐인 나

나 강아지 말고 고양이 할 거야

딱히 관심 없음 말고 난 상관도 안 할 거야

나 강아지 말고 고양이 할 거야

밥 먹을 때 아니면 너 쳐다도 안 볼 거야

나 이렇게 예쁜 표정으로 쳐다보는데

아이 예쁘다 하고 안아주면 안 될까

내 사랑을 다 줘버려서

내 맘은 텅 비었는데

네가 사랑을 주면 안 될까

나 강아지 말고 고양이 할 거야

딱히 관심 없음 말고 난 상관도 안 할 거야

나 강아지 말고 고양이 할 거야

밥 먹을 때 아니면 너 쳐다도 안 볼 거야

월 월 월 월

월 월 월 월

월 월 월 월

이젠 지쳤어

냥 냥 냥 냥

냥 냥 냥 냥

냥 냥 냥 냥

이젠 네가 와

처음 너를 봤다
볼에 달이 묻은

닿을락 말락
작은 마음 힘껏 뻗어 봐도 용기가 샘을 냈다

실눈을 뜨고 기도하는 마음
네가 그리도 원하는 우주를 향해
돌아 돌아 물음표를 건넬 뿐

서툰 표현에 우리 둘 사이 잔뜩 먼지가 일어 뿌옇지만
나는 계속해서 너의 우주에 한쪽 발을 걸친다

각자의 산소통에는 하늘의 뜻만큼 꿈이 담겨있겠지만
나는 그저 떠다니고 싶어졌다 너와

이 우주를

종이꽃

먼발치서 바라본 그대는
종일 매달린 벚꽃이 지겨운 듯
봄에 겨운 사람이었습니다

가지마다 만개한 시선을 즐기는 듯
우람한 봄을 걸친 당신의 가지를 꺾어가려고
세 발 더 가까워졌을 때

겨울을 보았습니다

바깥에서 그대 곁으로 다가서는 순간에
숨 쉬는 법도 잊은 채 간신히 매달려 있는 종이꽃

내 작은 어깨가 쓸모 있기를 바랐습니다

한없이 푸르던 숲에서 모든 건 다 내 마음이었다
우리는 누구라도 공원의 일부가 될 수 있었다

찬찬히 배운 초록 삶에 옮겨 심고
풀냄새 배인 사람과 이야기의 향기 들이쉬고 내쉬고
나는 이런 사람이 되고 싶었다
다 줘도 하나도 모자라지 않게
푸르름이 푸르름에서 그칠 줄 아는 사람이 되고 싶었다
사람이 사랑이 삶이 온통 살아있다고 말해주고 싶었다

결국엔 너와 내가 하나의 공원이 되었으면 한다
공-들여
원-하지 않아도
그냥 괜찮게 편안한 우리가 되었으면 한다

차고 딱딱한 벽돌만 밟다가
간만에 포근한 흙을 밟은 오늘

마음속에 공원을 심고 또 심는다

'함께 걸어보고 싶다'
생각은 했었지
깜지 같은 밤사이에
기분 좋은 꿈결 하나

'함께 걸을 수 있다면'
생각을 해봤지
바닷가 모래사장 위
이렇게 나란히
온기를 나누며
한 발씩 내딛는다는 게 믿기지 않겠지만

　　　　한　발
　　　자　　　　국
　　　한　　　　　발
　　　자　　　　국
　　　한　　　　발
　　　자　　　국
　　　한 발자국
　　　한　　　발
　　　　자　　국

또 한 발자국

믿길 수 있도록

우리가 함께 한 시간이 새겨질 수 있도록

그렇지만 너무 깊게 자국이 남으면 매일 밤 앓을 테니

얼마 못 가 파도에 씻겨나가도록

>

딱 이 밤만 걸어보고 싶다

너와 함께

너는 나를
투욱-
건드리고는 다른 곳을 본다

관심은 있지만
네가 나의 전부는 아니야
말하는 듯

그렇게 쿠션을 깔고
이불을 덮어놓고
옷을 두텁게 입어야만
뛰어내릴 용기가 생긴다면
나는 기꺼이 너의 까칠한 사랑에 동참하기로 한다

안개비가 내리는 어느 날 스며들겠지
촉촉한 말로 달래지 않아도 괜찮아지겠지

\>

건성으로 건성으로

어디를 봐도 좋으니

마주하는 마음으로

그저 내 곁에 있어주길

눈을 뜨니 너는 내 앞에 있었다
언제 왔는지 인기척도 없이 그렇게 서 있었다

원래 있었던 것처럼
갑작스레 밀려와서는
익숙한 듯 나를 찬찬히 머금었다

잃고 싶지 않아서
잊고 싶지 않아서
눈이 새빨개지도록 부릅떠보았지만

발버둥치는 눈물 탓에 눈은 감겼다
잘 가, 먼 인사를 보냈다

광대한 마음 움켜쥔 채 달려든 파도가

글씨 새길 필요 없이 영원이 되는 곳

테두리 없이 오붓하게 흘러가자고

하이얀 울음소리로 잘아지고 닳아지는 마음 일으켜봐도

틈 사이사이로 비집고 나가는 모래는

아직 털어내야 할 추억이 많다고

지걱 지걱 지걱

미련 찌꺼기를 남긴 채 돌아앉는다

비워내지 못할 마음이라면

그득히 담지도 말 것을

파란 그리움이 얼룩질 줄 알았다면

처음부터 묻히지 말 것을

스치듯 붙잡았다 놓치는 파도는

오늘도 손을 내밀어 보고는

저 끝까지 밀려난다

너의 마음만 묻다 보니
나의 마음은 깊숙이 묻혀버렸다

나의 마음이 소중하지 않은 것은 아니었다
어느새 여기저기 묻어있는 너를
물로 빨아낼 수도
바람에 털어낼 수도 없었다

그저 사랑하는 이 마음을 사랑하는 것
괜찮냐고 톡톡톡 두드려가며 내가 나를 살피는 것
한 번씩 얼룩을 볕에 널고 해맑은 수선화를 따라 웃는 것

오늘도 한 짐 가득 챙겨온 물음들
그저 사랑하는 네가 사랑하는 것을 나도 사랑하려는 것

나를 봐달라고 온몸으로 소리친 그제를 지나
동물원 우리에 갇힌 어제였다

겨우 함께였다 작은공간옴짝달싹못해도
지나가는 시선이 따 가 워 도 충분한 우리였다

어느새 보내주던 미소는 기화(氣化)
보이지 않네
이 우리 안에는 감정이 없거나 있는 것 보다 못한 경우뿐
메고 왔던 가방에 허물을 주섬주섬 챙기더니 뒷모습이다
그런 너의 등을 하염없이 머금다가 괜찮다가 아프다가
설운 마음 재울 곳 없는 오늘은

'우리' 안에 함께 갇힐 수 없게 된 내일을 만들었다

이런 것쯤은 아무것도 아니라고
깊은 어둠을 향해 촛불을 켰고

아무것도 아닌데 왜 우느냐고
뙤약볕에 젖은 우산을 펼쳤다

쌀쌀맞은 바람은 나를 저 끝까지 밀어내려 안간힘이지만
나만 쳐다보는 너의 두 눈이 자꾸만 오들오들 떨고 있기에
납작 엎드려 버티며
어제의 숨소리조차 아껴가며
나답지 않게 오늘을 살아가려 한다

그러니 아가야,
너는 크게 심호흡하고
작은 꽃들에 맺힌 눈물을 닦아주며
자꾸만 피어나라

>

누구의 손에도 닿지 않게

저어 끝까지 피어나라

집밥

입맛이 없을 때면 괜히 서글픈 맘
맴도는 맛이 있어 괜히 그리운 밤
별도 작게 숨죽인 서울의 밤
번져버린 나의 하늘 잠깐 내려놓고 싶어

언제나 돌아와도 돼
식지 않고 기다릴게
지친 몸 둘 곳 없을 때
익숙한 품으로 따스히 안아줄게 안아줄게

소담히 덜어낸 반찬
소복이 담아낸 쌀밥
푹 끓여낸 국 한 사발
계속 있어 줘요 그대
유일한 나의 집

언제나 돌아와도 돼

식지 않고 기다릴게

지친 몸 둘 곳 없을 때

익숙한 품으로 따스히 안아줄게 안아줄게

엄마가 해주던 집밥이 그리워

사실 집밥을 해주던 엄마가 그리워

그리워 그리워서 텅 빈 맘 달래

잠시만 쉬었다 살아갈게

그리움의 생일

무던했던 계절이
밤송이처럼 까끌까끌 따가운 밤이면

가을이 왔음을

익숙했던 가을이
제법 낯설게 일렁이는 밤이면

오늘이 왔음을

이젠 안다 굳이 달력을 보지 않아도
누군가를 떠나보내던 꼭 그날처럼

하염없이
가라앉고 있음을

익숙함이 흩날리는 가을밤
짝을 잃은 그림자는 가만히
까실 까실 밤송이를 닮았나
서늘한 계절이 날 찌르네

나 무서워 혼자가 뭔지 다 까먹어 배가 더부룩해
날 좀 어떡해

비워둔 채로 난 여기 있으니
비워진 채로 난 영원할 테오
떠나간 자리 잊혀지지 않는다면
돌아올 자리 너로 새겨놓았소

기억들이 떠다니는 작은 방
닿을 수 없는 시선은 어딘가
짙어지는 약속들이 무겁나
갈색으로 굳어버린다 해도

>

아아 아아 아아 나 억울해 불안해 외로워 보이네

아아 아아 아아 우리 어제를 품에 껴안고 못 놔주네

비워둔 채로 난 여기 있으니

비워진 채로 난 영원할 테오

떠나간 자리 잊혀지지 않는다면

돌아올 자리 너로 새겨놓았소

낯설어지는 날에 나 서러워 젖는 날에

빈자리가 벅차는 날에 나도 나도 나도 나도 데려가 주오

그대 옆자리로 꿈에

그대 옆자리로 꿈에

그대 옆자리로 꿈에

그대 빈자리는 없게

엄마 왜 안와?

뜻도 모른 채 이별을 배웠던 아가가 두 발로 제 삶을 걸어가고

삶을 기권하려 했던 아빠가

살고 싶은 이유를 일렬로 주욱 세워 놓고

새벽 장에서 돌아오는 길 어둠에 숨어 울던 언니

조명 앞에 서서 두 뺨 가득 쌓아온 할 말을 내리고

포기를 하거나 해야 했던 나

호화로운 용기 집어 먹으며 시를 쓰고 노래를 부른다

어리고 여렸던 네 사람이

다섯 사람의 몫을 살아내는 데 걸린 시간

마침내 모른 척 않고

빈자리 고스란히 껴안는 데 걸린 시간

\>

15년, 무릎으로 하던 어머니의 기도가 우리에게로 온 순간

Little forest

Little forest

작은 숲을 만들어 작은 숨을 지키고 그렇게 우린 자랐네

까만 크레파스 하나만 가지고 칠했나봐 서울의 밤

계절은 봄이라도 불어온 바람은 각자 달라 좀 추운 밤

스르륵 스르륵 얼었던 맘이 녹아지게 우린 서로를 껴안고

다행이야 셋이라 얕았던 맘이 금세 불어나 봄볕을 만지네

Little forest

작은 숲을 만들어 작은 숨을 지키고 그렇게 우린 자랐네

Little forest

작은 그늘에 누워 초록 웃음을 채우고 그렇게 우린 자랐네

새 옷이 없었어도 물려받을 얘기가 있다는 건 참 행운이야

내 방이 없었어도 너의 온기는 그 자체로 살아갈 이유가 되니까

>

쪼르르 쪼르르 참새들의 수다 우리의 하루는 끝날 줄 모르고

젖은 베개를 말려 그리움을 덜고 새롭게 쓰자 우리의 내일을

Little forest

작은 숲을 만들어 작은 숨을 지키고 그렇게 우린 자랐네

Little forest

작은 그늘에 누워 초록 웃음을 채우고 그렇게 우린 자랐네

먼지가 묻은 별을 다시 꺼내보자

반짝 빛날 때도 됐으니

터질 듯 풍선껌을 크게 불어보자

두두두 두둥실 떠오를 때도 됐으니

속에 담을 세운다
한 겹 |
두 겹 | |
세 겹 | | |

종잇장처럼 얄따란 담
들키고야 말았다

속에 담이 휘청인다
한 번 /
두 번 / /
세 번 / / /

무너지자 다짐한 것은 아닌데
이럴 줄 알았다

속에 담을 허문다

한 해 _

두 해 _ _

세 해 _ _ _

텅 빈 터

너저분하게 널린 마음의 잔여물을 주워 짓는다

담으로는 안 되니 담담하게

오래도록 버틸 단단한 집

밖에서 안으로 들어온 너와

안에서 밖으로 나간 내가

얽히고설켜 살아갈 우리의 집

3부

사실
안 괜찮아요

두 번째 이별

먼 길을 배웅하던 날 나의 해는 반만 빛났네
다른 한쪽마저 꺼지면 내 세상은 문을 닫고
영영 혼자가 되겠네

나의 편이 없는 이곳에서
다 괜찮지 않은 이곳에서

두 번째 이별은 얼마나 아플까
똑같은 후회로 더 크게 슬퍼할까 봐
상상도 싫지만 언젠간 내 삶에
두 번째 이별을 마주하는 날

모래 위에 영원들처럼 그대 역시 파도 곁으로
평범한 하루를 지나쳐 못 잊을 그 날이 오면 엉엉

그때의 난 혼자 남겨진 나는요 밥 안 먹으면 누가 속상해 해줘요
그때의 난 자라지 못한 나는요 세상 떠날 듯 누가 자랑해줘요

\>

나 억만 번쯤 다시 태어난 대도
그대에게 내 첫 울음 보여 줄래요
나 억만 번쯤 그댈 아프게 한 대도
그대는 내게 첫 웃음 선물 해줘요

두 번째 이별엔 후회가 없기를
굳은 손과 발을 모른 체하지 않기를
날 바라볼 때에 한박 웃던 모습을
눈에 많이 담아서

잊지 않기를
영원하기를

귀인

너는 귀가 참 많다

대문을 활짝 열고서 다 들어오라고
와서 맘껏 머물다가 가라고
아무렴 다 괜찮다고

그렇게 들이닥친 마디마디는 발이 달려 온 마음을 헤집고
해진 심장 기워도 올컥올컥 쏟아지는 호우에
허물어진 둑 앞을 지키며 끙끙 앓을 뿐

햇살을 얼굴에 걸어 모두를 안심시키고
그늘에 축 늘어진 너는
누구를 위해,
누구를 위해?

너는 귀가 참 많다

콩벌레

발 매 곡

동그랗게 동그랗게 이렇게 몸을 말고 있으면
아무렇게 아무렇지 않게 그냥 지나쳐주세요

자꾸 툭툭툭툭
너의 궁금증을
너무 세게 던지지 마세요
나는 톡톡톡톡
살짝 만져줘도
나는 사실 많이 아파요

조그맣게 조그맣게 겨우 숨을 뱉고 있으면
널따랗게 펴진 어깨로 찬바람 좀 막아주세요

이슬 소리에도 콩
네 그림자에도 콩
발걸음 걸음 하나에도 콩
귀가 많은가 봐요

겁도 아주 많구요

그래서 난 자꾸 놀라요

자꾸 툭툭툭툭

너의 궁금증을

너무 세게 던지지 마세요

나는 톡톡톡톡

살짝 만져줘도

나는 사실 많이 아파요

나는 너와 같으려고 이렇게

나는 튀지 않으려고 이렇게

나는 울지 않으려고 이렇게 있으니

그만 예쁘게 봐주세요

있는 그대로 봐주세요

털어놓다

숨 한 번 쉬어보겠다고
마음에 쟁여두었던
고민 한 바리
슬픔 한 바리
미움 한 바리를
그대 마음속으로 옮겨놓았습니다

마음에 쌓였던 뿌옇고 퀴퀴한 먼지들을 털어내니
어느 순간 숨통이 트여서 살만한 것 같습니다만

그대의 낯빛에 묻어있는 회색이
혹, 제 것인가요?

아무리 힘을 쥐도
들지 못할 일들이
겹겹이 쌓인 날

세상은 온통 검은색 크레파스
켜켜이 아득하고

그림자와 나
나와 그림자
구별할 수 없으니
멍하니 서로의 등을 지킬 뿐

무엇이 퇴적하여 겨우 내가 됐나
잊힌 바탕색을 찾아
스크래치 스크래치

손가락 하나 까딱 않고
수만 가지의 흠집을 낸다
그 사이로 흐르는 창백한 피

혹시, 만약, 그래서,
내가, 나니까, 나 때문에

¿

거친 갈고리가 목을 조여 오는 침묵의 늪
도무지 읽히지 않는 표정 이끼를 밟고
나는 속절없이 미끄러져

나락으로
저 바닥으로

떨

어

질

뿐

가장 조용한 살인을 보았다

곡선의 고백

상처 받지 않기 위해 곡선을 꿈꿨다
이리저리 꺾였을 때 핑계 댈 만한
작은 돌 하나가 필요했다

부딪힐 생각으로 긋기 시작했다
작은 돌 하나라도 맞닥뜨리면
못 이기는 척 휘어져야지

질끈 감았던 눈 살짝 뜨고
한 번뿐인 오늘의 노을에 젖어들고
곡선은 직선인 척 삐대 보고
직선도 곡선인 척 능글맞게

어디에 닿을지 몰라도
이 순간만큼은 용맹하게 그어나가다가
만나는 이와 지그시 눈인사 한 번

\>

의심 말고

주저 말고

그만 그만 계산 말고

순간에 한 방향을 향해 돌진하며 살아갈 용기

오늘 내겐 직선이 필요하다

입가에 쌓아뒀던 것들이
제자리를 찾아가지 못한 채 뒤엉켜있다

기를 써보지만 이미 때를 놓치고
별 수 없이 착한 사람이 되어간다

마음속에 쌓인 하루가
이리도 부유스름한데
이젠 토해낼 수 없다

색이 섞이다 뒤섞이다
어느새 거무죽죽한 덩어리

나는 양지 바른 곳에서 마음속 응어리를 키운다

새우잠

모서리를 향해 회귀하던 해는
아직 할 일이 남았다며
못내 여운의 발자국을 남긴다

하나 둘씩 꺼지는 표정
오늘은 이만 하자고

얼마 못가 끈질기던 해
빌딩 숲의 목구녕으로 빨려들어간다

대신 뱉은 달은 창백하고
우리는 뒤쫓아 오는 빛에 잡힐세라
빠르고 불편한 휴식에 누워 새우잠을 잔다

3월에는 새 사람이 됩니다

3월이면 어김없이 새 교과서를 받았다
몇 번이나 연습해도 떨리던 순간
숨을 참아가며 정성껏 이름을 썼다
뭔가 다른 것 같은 기분에 다짐을 벌컥거렸다

모서리를 접어 쪽수를 표시하지도 않을 거고
아무 데나 던져두어 구겨지게 하지도 않을 거고
딴생각을 하다 낙서를 하지도 않을 거야

밤하늘의 별을 세며
별 하나하나에 다짐을 새겨 넣었다

희망에 몽롱하게 취해
새것처럼 반짝거리던 3월만큼은
꿈꾸던 내가 그곳에 있었다

나를 적신 것들이 모두 모여 한쪽으로 흐른다

미뤄뒀던 이야기
어느샌가 여기에

얕았던 이야기
불어나 여기에

다 녹아있다

차가운 수온에 봄볕이 닿을 때까지
물결과 물결을 비비며
계속해서 흘러가자

발도 없이 말도 없이
저 끝까지 닿도록
계속해서 흘러가자

거울 하나 품고

사람들은 주머니 속에
거울을 넣고 다닌다

하루를 걷다가
나와 다른 모양의 상대를 마주하면
거울을 꺼낸다

올   볼   올   볼
　록　록　록　록
삐죽이는 상대의 주름을 다 당해내긴 역부족이다

상대의 표정을 지우고
거울 속의 나로
꾸며내어 생각한다

음-
오늘은 말이 잘 통한다

>

상대도

내 마음을 다 아는 듯하다

먹구름

네가 그리도 많은 눈물을 감추고 있는지도 모르고
나는 비가 싫다는 말만 해댔으니

아무도 없는 곳에서 쏟아내고 싶었던 너의 슬픔을
내가 펑펑 울고 싶었던 날에야 알았다

불면

양파가 싫었다
자꾸만 눈물이 나서
마주하면 눈물이 날까 봐

내일이 싫었다
기대가 되지 않아서
더 나아질 것 없는 내일을 볼까 봐

그렇지마는
양파가 없는 음식과
내일이 없는 오늘은
달 없는 밤하늘처럼 심심하니

잠이 오지 않는 이 밤
해가 뜨는 것에
이제는 익숙해져야지

\>

미워하고 미움받고

작은 생채기들로부터

그러려니, 끄덕거려야지

눈금이 많은 저울은 무섭도록 정확해서
내가 조금이라도 가벼워지거나 무거워질 때면
정신없이 손가락질하며 어지럽게 만든다

일일이 다 말하지 않아도
하나하나 상처를 짚지 않아도

가벼워지면
떠오르고

무거워지면
가라앉을 텐데

이제 그만 내려오고 싶다

눈 딱 감고 다시는 만나지 말자
겨우 스쳐간 인연과 또다시 만나게 되면
선택을 해야 한다

너와 같아지거나 아주 다른,
우린 바보가 되거나
홀로 멍청이가 될지도 몰라

시작과 동시에 끝을 기대했던 밤
끊어지겠거니 저 밑에 납작해진 숨을 뱉고 있자면
슬며시 이어지는 비명의 너를
덜어내고 비워내고 지워내고 잊어내야만 한다

그래야 내가 산다
그러니 내가 산다

비누의 눈물

손은 깨끗이 씻었는데
비누가 더러워졌다

미안한 마음에 비누를 들어 한참을 씻겨주다가 보니
더 작아진 몸집을 하고서 괜찮다고 괜찮다고

거품을 내며 울고 있었다
왜 우리는 서로를 위하면서
왜 우리는 서로를 해하면서

빈 눈동자를 그득 차게 하는 것인지

후유증

후 불어내도
유유히 제자리에 묻어 있다
증발할 듯 뜨거운 볼에 여전히

넌 여전해서 날 아프게 하고
그 아픔은 그날로 나를 하릴없이 데려간다
하루도 잊으려 하지 않은 적 없지만
하루도 잊은 적 없다

그렇게 나는 구석에 버려진 비디오 플레이어처럼
감기고 감기고 되감겨
여전히 그곳에 그 마음으로 돌아가 있다

나는 항상 능숙하지 못해
설익은 하루를 보내며 계절을 맞이한다

짧아지고 얇아지는 여름
길어지고 두터워지는 겨울이면

불편한 기침 서투르게

에엣-춰

마중 나간다

뜨겁게 익혀봐도 여전히 고인 피는
새로운 풍경을 받아들이지 못하고

울긋불긋 단풍이 들면
그제야 아쉬운 소리가
발밑에서 바스락인다

두 글자에 내 몸을 숨기기엔 턱없이 부족하여
꼬깃꼬깃 말려들어 가는 마음으로
너의 그림자 나의 밑바닥을 잡는다

누가 낚아채어
무엇이 걸렸든
서로에게 찜찜한 갈고리가 되어 긁고 긁힌다

민낯으로 하지 못할 말이라면
거기서 그만두어야 했으나
이미 뱉어낸 안개는 암운 되었으니

그저 꽁꽁 숨을 뿐
우리가 어둠에서라도
그렇게
맞닿을까
싶어

어쩌다, 어른

키가 컸으면 좋겠다 욕심이 불쑥일 때
나는 다 자라있었고

평생 아이로 살고 싶어진 순간에
이미 어른이었다

기어코 어른이 되는 거라면
그놈의 멸치도 숟갈로 퍼먹고
밤에는 일찌감치 잠에 들었을 텐데

어른을 미룰 수만 있다면
들꽃처럼 온몸으로 흔들흔들
내가 발 딛은 곳 사랑하며
여유로이 자랐을 텐데

별 수 없이 하늘엔 구멍이 뚫렸고
비는 쉬지 않고 내렸다

>

그렇게 물을 많이 머금고는

어른이 되었다

미움이 많은 세상이라 미련이 적을 줄 알았는데
미안이 많은 세상이라 너도, 나도 괜찮을 줄 알았는데
태어나자마자 울길 잘했다 이토록 울음을 삼키며 사는데
말을 떼자마자 묻길 잘했다 이토록 궁금하지 않은 오늘이란

살아줘서 고마워 살아줘서
살아져서 사는 건 아니라도
사라져서 끄려했던 유난히도 고된 마음을 내게도 나누어 줘
활짝 핀 아픔을 내게 덜어 줘

똑같이 긴 하루를 둘둘 말아도
무기력한 오늘은 끝없이 늘어져
허무의 달이 뜨면 밤은 멍들고
내 세상의 이유는 흔적도 없다

살아줘서 고마워 살아줘서
살아져서 사는 건 아니라도

사라져서 끄려했던 유난히도 고된 마음을 내게도 나누어 줘

활짝 핀 아픔을 내게 덜어 줘

맞아 조금 고된 하루였네

살짝 포기할 뻔했지만

울자 차라리 힘 있게 울고

살자 살짝 덜 아물어도 살자